POËME

SUR SEDAN,

CONTENANT

QUELQUES PARTICULARITÉS INTÉRESSANTES

DE

L'HISTOIRE DE CETTE VILLE,

Par PIERRE-NICOLAS-LOUIS DELAIVE, ancien 1.er suppléant de la justice de paix de Sedan, section sud.

« Hœc alias inter tantùm caput extulit urbes,
« Quantùm lenta solent inter viburna cupressi (virg.)

A SEDAN,

DE L'IMPRIMERIE DE SUHAUX.

A Monsieur de GUERVILLE , Chevalier de
Malte , de l'Ordre royal de la Légion d'hon-
neur , et décoré de la Croix d'honneur de
Prusse (1.re classe).

Monsieur,

J'ai l'honneur de vous adresser un Poëme en
deux chants , contenant quelques faits intéressans
de l'histoire de Sedan. Tout le monde sait combien il est difficile d'écrire , même médiocrement
en vers , et de conduire un sujet ; cet art mérite
donc la protection des Magistrats , quand celui
qui s'y livre , traite un objet de circonstance , na-
tional , ou local , et que son ouvrage , quelque faible
qu'il soit d'ailleurs , est l'expression de son talent
dirigé vers un but honnête. Que le commerce
absorbe la plupart de nos pensées ; sans doute ,
c'est avec raison ; il est pour ainsi dire , l'âme de
l'univers ; il rapproche les deux hémisphères ;
mais si , par ce motif , on négligeait d'encou-
rager les arts , les hommes retomberaient bientôt
dans la barbarie. On écrit rarement en vers :
des jurisconsultes compilateurs jettant assez souvent , sur le texte des lois , un nuage fort épais :
des grammairiens qui se répétent l'un après l'autre , parmi lesquels on en rencontre plusieurs qui
altèrent les sources de la langue : des publicis-

tes dangereux, forment, sinon la partie totale,
du moins, une portion considérable de la littéra-
ture moderne.

Je n'ajouterai rien, Monsieur le Maire, à ces
réflexions peut être oiseuses.

De tous les sentimens, il en est un que je
trouve toujours plus doux, celui de vous assurer
mon plus respectueux hommage,

DELAIVE.

Donchery, le 1ᵉʳ. Septembre. 1828.

PREMIER CHANT.

ARGUMENT.

Description du commerce de Sedan. Fondation de cet endroit en qualité de ville, par Evrard, *qui en fut le Seigneur. Description du Château. Mort de Charlotte de la* Marck, *épouse de Henri de* Turenne, *prince de Sedan. Générosité de cette princesse. Amours de Linval et de Clémence. Arrivée d'*henri iv *à Sedan. Soumission du prince de Sedan.*

D'autres appelleront pour féconder leur verve ,
Le puissant Apollon, les Muses, ou Minerve ,
J'abandonne ces Dieux qui sans cesse invoqués ,
De prières, de vœux se trouvent fatigués.
Pour traiter mon sujet, je t'implore, ô Delphine,(1)
Donnes-moi quelque peu de ta grâce divine,
Quelque peu de ce style , et facile, et coulant ,
Qui naît sans qu'on y songe, et touche au sentiment.
Parmi nous , ô Sedan , leves ta tête altière,
De la prospérité contemples la lumière ,
Tu n'étais autrefois qu'un asile ignoré ,
Dans les jeux du hasard sur le globe jetté.
Evrard (2) est le premier dont le puissant génie,
T'arrachant à l'oubli sut t'imprimer la vie.

---

(1) Delphine Gay, Poète français.

[2] (Evrard), il est regardé comme le fondateur de Sedan, par la raison qu'il lui donna la forme d'une ville.

L'esprit rempli d'un *Dieu*, qui pénétrait son cœur,
Sans doute il prévoyait ta future grandeur ,
D'un Château protecteur il désigna la trace ,
Auprès de ces rochers d'une immortelle audace,
Qui couronnent Sedan, et semblent vers les cieux,
Elever avec eux ce séjour glorieux.
Bientôt , Sedan, bientôt ton industrie immense ,
Attirera sur toi les regards de la France ,
Tes premiers fabricans obtiennent des succès ,
Qui propagent , au loin , l'éclat du nom français,
Et ces succès gravés au Temple de mémoire ,
A nos derniers neveux passeront avec gloire.
Comme Mars, et Thémis , Mercure à ses héros ,
Que le Lethé jamais ne couvre de ses flots
De l'Aurore au Couchant, du Midi jusqu'à l'Ourse,
Tes beaux draps, ô Sedan, ont dirigé leur course.
Le soleil étonné les a vus dans Lima , (3)
Ainsi qu'aux bords glacés où règne la Néva ;
Et Londres , et Madrid jugent avec envie ,
Le rare, et le fini de ta haute industrie.
A peine sur un drap l'on imprime Sedan ,
Que l'art , et le cachet le font Européan.
Sedan grandit encor, depuis qu'un Maire habile
Sait allier , pour lui , l'agréable à l'utile.
Il rendit en effet son abord plus pompeux :
La ville semble offrir des habitans heureux :
Son ordre y fit placer la solemnelle image ,

____

(3) Lima , capitale du Pérou.

D'un Héros dont le nom durera d'âge en âge.
Turenne, qui souvent dans le champ des hasards,
Diminua l'orgueil de l'Aigle des Césars ,
Pieux tout à la fois , et vaillant et fidèle ,
Chrétien plein de ferveur, des guerriers le modèle,
Il meurt au champ d'honneur : l'esprit de ses aïeux
Est fier de l'admirer , quand il ferme les yeux.
Du Soldat allarmé , combien vive est la peine ,
En prononçant ces mots : nous n'avons plus
   Turenne.
S'il était parmi nous un être dégradé ,
Qui n'eût pas des vertus la haute dignité :
Un malheureux qu'au vice un vil penchant entraîne,
Qu'il éleve les yeux , qu'il contemple Turenne !
Mais puis-je dans ces vers oublier ce Château ,
Où le ciel d'un héros a placé le berceau ?
Dans les airs en effet, il s'élève avec gloire :
Il insulte à la foudre, et promet la victoire ;
La poussière des tems sur ses murs généreux ,
Vient répandre un aspect sombre, et majestueux;
Il offre, en tems de guerre , une retraite utile :
Les anciens Souverains en faisaient leur asile ;
Une mère tremblante , et fuyant les combats,
De ses enfans suivie, y portera ses pas ,
Et trouvant dans son sein, un abri tutélaire ,
Le Dieu de la justice entendra sa prière.
Ainsi l'on vit *Hécube*, à l'ombre des autels ,

Adresser à ses Dieux ses accens solemnels,
Quand les Grecs furieux, et conduits par *Achille*,
Ravageaient de *Priam* la plus superbe ville ;
Quand le fils de *Vénus*, à *Junon* odieux,
Emportait avec lui son Epouse, et ses Dieux,
Ces dieux qui par caprice, ou bien par barbarie,
N'avaient pas protégé l'empire de l'Asie.
Vanité, vanité, dans ce même Château,
Charlotte de la *Marck*, (4) descendit au tombeau,
L'impitoyable mort, comme un coup de tonnerre,
A tous les rangs se montre également sévère ;
Ni l'époux qu'elle adore, et ses tendres appas,
Ni deux fois dix printems né la préservent pas.
Le destin n'a donc fait que montrer à la terre,
Cette rose du jour, cette fleur passagère :
Que la mort est fatale, et rapide en son cours !
A ses traits pleins d'horreur, elle céde en neuf
    jours ;
Jour affreux où Sedan vit le cercueil funeste,
De *Charlotte* enfermant le déplorable reste,
De tant de dignités, d'éclat, et de grandeurs,
Qui brillaient à nos yeux des plus douces couleurs,
La mort ne laisse donc que sa fatale image ;
Au lieu d'un diadème, on voit un sarcophage.
Ces yeux remplis de flamme, et si chers aux amours,
Par le coup le plus noir sont fermés pour toujours.
On n'entendra donc plus cette voix si touchante,
Que la tendre amitié rendait plus éloquente :

---

(4) Elle épousa en 1593, le vicomte de Turenne, prince de Sedan.

De son palais l'airain orgueilleux de mugir,
Sur sa tombe trois fois est venu retentir.
Soldats, qui conserviez sa personne sacrée,
Ah ! vous veillez encor près d'une urne adorée ;
Vous lui dites adieu, sur le sol des tombeaux,
Sur elle, avec respect, vous baissez vos drapeaux.
Jour de l'éternité, tu commences pour elle,
O mon Dieu, près de toi, mets une âme si belle,
Temple de St. Laurent, (5) sa cendre dans ton sein
Repose pour toujours, son âme est dans l'Eden :
Même on dit que *Charlotte*, au lever de l'aurore,
Et contemple Sedan, et le bénit encore.
Tu le vois volontiers sous le pouvoir des Lys,
Auprès du *Dieu* vivant : ah ! tu t'en réjouis,
On garde tes couleurs dans ton noble apanage,
Des Lys, quand tu vivais, ne fus-tu pas l'image ?
Tu disparais, hélas, comme la fleur des champs,
Sous les traits de la grêle, ou sous l'effort des vents.
Ainsi l'arbuste céde aux éclats du tonnerre,
Et ses légers débris couvrent soudain la terre.
La mort, d'un pas égal, renverse à nos regards,
Et la câse indigente, et les tours des Césars.
Ces hardis monumens, que le faste d'un maître,
Au milieu de l'Egypte osa faire paraître,
De la bâse au sommet, dans leur vaste contour,
Renversés par le tems, disparaîtront un jour.
La mort, sans respecter la majesté suprême,

---

[5] [Elle fut enterrée dans l'Eglise qui portoit ce nom.]

Sur le front de *Charlotte*, enlève un diadème.
Mais Henri néanmoins à la douleur livré,
Dans son Château désert se croit abandonné.
Il réclame des dieux l'épouse qu'il adore,
Il l'appelle souvent, il l'adjure, il l'implore :
Dans le calme des nuits, il croit voir ses appas :
Trois fois dans son délire, il veut saisir ses bras ;
Trois fois elle s'enfuit, comme une ombre légère,
Ou comme un trait de feu que fait naître la terre.
De *Charlotte*, je veux encor m'entretenir ;
Célébrer des vertus, n'est-ce donc pas jouir ?
Malheureux indigens, si fréquens dans les villes,
Vous qui de pleurs souvent humectez vos asiles,
Elle fut votre mère ; un secours envoyé,
Rendait plus abondant un pain trop partagé
Ah ! venez à *Charlotte* adresser votre hommage,
Il ne vous reste plus que sa touchante image ;
Mais de ses derniers vœux son époux est chargé :
Sois bienfaisant, dit-elle, et tu seras sauvé.
Cœurs tendres, cœurs aimans, ô vous dont la misère,
Empêchait l'union à vos désirs si chère,
Combien de fois voulant couronner votre ardeur,
L'or que sa main répand, vous donna le bonheur,
Vous en fûtes certains, et Linval et Clémence :
Vous apprîtes par elle, à chérir l'existence ;
Sans elle, eussiez-vous pu former ces nœuds si doux,
Remplis des traits qu'amour avait lancés sur vous?

Dois-je louer ici la beauté de Clémence ,
Ses vingt ans pleins d'attraits, et sa rare élégance :
Je semblerais frivole , et je ne dirai pas ,
Que l'amour *est fidèle* à ses moindres appas ;
Gardons-nous d'observer que sa bouche mi-close,
A le doux incarnat dont se prévaut la rose ;
N'allons pas révéler que son sein onduleux ,
S'il n'était à *Linval* , appartiendrait aux Dieux.
Sur un ton si galant , sans être téméraire ,
Gresset pourrait chanter, ou Dorat, ou Voltaire.
O Clémence ! ô Linval ! vous passâtes vos jours ,
Dans le sein des vertus , dans le sein des amours,
Vous respiriez tous deux , quand *Henri* plein de
    gloire ,
Sur Sedan, sans combattre, emporta la victoire.
Content d'avoir soumis ; illustre , généreux ,
Il remit à Bouillon l'Etat toujours heureux.
Vous avez admiré cette rare clémence ,
Que dans tous les Bourbons distingue encor la
    France.
O rives de la Meuse ! ô séjour fortuné !
Vous êtes fiers du nom de ce Prince adoré ,
L'écho répéte encor, ces mots, vive Henri quatre,
Il sut aimer son peuple , et régir , et combattre.
Le cœur d'Henri, Français, respire parmi nous ,
Nous vivons sous un Prince aussi juste que doux.
Déjà le tems avance , à l'éclat des étoiles ,

Les vierges de la nuit se promènent sans voiles,
Les bergers fatigués retournent aux hameaux,
Et je quitte Sedan, *Charlotte*, et mes pinceaux,
Heureux, trois fois heureux, si, j'ai dans la carrière,
Répandu sur ces vers, une douce lumière :
Heureux, trois fois heureux, si mêlant mes couleurs,
De mes concitoyens, j'ai pu gagner les cœurs.

ARGUMENT.

*Maurice conspire contre le Roi Louis treize:
il traite avec les Espagnols: cet événement est de
1642, il rend la principauté de Sedan au Roi,
pour conserver sa vie. Eléonore de Bergues, son
épouse, quitte la ville. Description du départ de
cette princesse. Sedan s'accoutume à la nouvelle
dynastie. Peinture de la révolution notamment
de la journée du 10 Août. Arrivée à Sedan des
commissaires du corps législatif qui annoncent
la déchéance de Louis seize; le Corps municipal
de Sedan ne les reconnaît pas. Protestation
généreuse des membres qui le composent. Mort
de ces honorables citoyens. Comparaison que
l'auteur en fait aux six bourgeois de Calais qui
allèrent trouver Edouard Roi d'Angleterre,
lors du siège de cette ville.*

Suivrai-je dans ces vers un ordre didactique ?
Tous les objets n'ont pas la couleur poëtique,
Je ne suis pas l'histoire, et quelques faits touchans
Sont encore au-dessus de mes faibles talens.
Sous *Maurice*, (1) Sedan voyait sa destinée
Reproduire les jours de Saturne et de *Rhée* ;

---

[1] (Maurice, Prince de Sedan,) il épousa Eléonore de Bergues.

Mais des fautes du chef le fatal résultat
Vint tout-à-coup changer la face de l'Etat.
Richelieu que la mort de son ombre environne,
Ennemi de *Bouillon*, dirigeait la couronne.
Bouillon conspirateur, infidèle à son Roi,
Traitait avec l'Espagne, et parjurait sa foi.
Le ministre le sait, et déjà ses complices,
A *Thémis* confiés, s'avancent aux supplices.
La frayeur au teint pâle, au regard incertain,
Vient offrir à Bouillon le plus affreux destin ;
Lui-même dans les fers s'allarme, et s'inquiète :
Il voit contre sa tête augmenter la tempête.
Il pâlit, il chancele, il ne veut plus braver ;
Il remet son pouvoir, il échappe au danger.
Prince trop imprudent, quel est donc son délire ?
Contre un Roi généreux, (2) lâchement il conspire,
Tu perds un diadème, et ce signe sacré
Ne brille déjà plus sur ton front dégradé.
Trop heureux, si, ton cœur demeurant magnanime,
Tu n'avais pas perdu ton sceptre par un crime.
Mais dois-je à ton égard étendre mes tableaux,
Le reste est dans mon cœur ; n'aggravons pas tes
    maux.
Epouse de *Maurice*, ô jeune Eléonore, (3)
Tu pousses des sanglots, au lever de l'aurore,
Et quand le jour finit, il voit couler tes pleurs :

____

(2) Louis treize surnommé le Juste.
(3) Eléonore de Bergues.

Il paraît attristé de tes vives douleurs.
Jour fatal où tu pars, hélas! sans diadème,
Avec tes seuls attraits, mais loin du rang suprême:
Près de toi, six enfans se trouvent réunis,
Ne sont-ils pas par toi la guirlande d'Iris !
Sans doute, ils sont bien plus, ils forment ta
    couronne,
Ah! Sois en fière encor, c'est l'amour qui la donne:
Tu n'as plus de soldats, tu n'as plus de drapeaux,
Le peuple sur tes pas se répand à grands flots.
Il est silencieux, et ces cris d'alégresse,
Ces tendres vœux d'amour, qu'il répétait sans cesse,
Ne se font plus entendre; une morne douleur,
A remplacé l'élan, le vif élan du cœur.
Ta disgrâce franchit la limite commune,
Et ton cœur était fait pour une autre fortune.
Du char qui te conduit l'essieu crie en marchant;
Ce cri semble en effet, un long gémissement.
Le directeur plaintif, de ses mains incertaines,
Sait à peine comment il doit guider les rênes.
Trois fois, il les échappe, et veut les conserver,
Et chaque instant le voit toujours s'embarrasser:
Tes superbes coursiers ont la tête inclinée,
Leur vue est sans objet, elle erre abandonnée.
Parfois, Eléonore offre quelques regards
A ses anciens sujets, à ses anciens remparts.
A peine de la ville elle a franchi l'enceinte,

Pleine de majesté, sans tristesse, et sans crainte :
Elle bénit Sedan, et le comble d'adieux,
Et ses derniers mots sont que Sedan soit heureux ;
A des traits si touchans tout un peuple en allarmes,
Lui répond à la fois par ses cris, et ses larmes.
Vous qui savez aimer, que vos cœurs généreux
Jugent de cet instant le tableau malheureux.
Echo toujours fidèle, et qui remplit les mondes,
Pénétrant du Château les cavernes profondes,
Répéte, en sons plaintifs, un destin plein d'horreur,
De Bouillon dans Sedan, terrasse la grandeur.
A ces tristes accens, la Nymphe de la Meuse,
Pour la première fois, ne se croit plus heureuse,
Si LOUIS de Bouillon n'eût été successeur,
Elle aurait avec luxe étalé sa douleur ;
Elle ne verra plus la jeune Eléonore,
S'asseyant sur ses bords au lever de l'aurore,
Respirer à la fois, le frais, et le repos,
Et recevoir en paix l'hommage de ses flots.
Le zéphir sur son sein déposant son haleine,
Avec un bruit léger, semblait dire elle est Reine !
Dans son char triomphal, le pur flambeau du jour,
Sur son front adoré reconnaissait l'amour.
Evrard, en vain, Evrard, de sublime mémoire,
De ces lieux malheureux avait fondé la gloire ;
On voit s'évanouir le fruit de ses travaux.
Evrard eut le coup-d'œil, et l'âme d'un héros :
Moderne Romulus, comme lui fondateur,

La gloire le soutient, elle enflamme son cœur.
La gloire est des héros le partage sublime,
Elle écarte loin d'eux, la bassesse, et le crime ;
Elle appelle *Pyrrhus* au bout de l'univers,
Et lui fait traverser les cités, les déserts.
Hercule en l'invoquant a posé sa colonne,
Alexandre (4) pour elle arrive à Babylone ;
Dans des fastes récens, elle fait dans Ivry,
Braver tous les dangers, et la mort à Henri ;
Sur le Tâge enflammé, c'est la gloire elle-même
Qui couvre de lauriers l'illustre d'Angoulême.
O passion du sage, et reine des vertus,
Tu sus créer Trajan, Marc-Aurele, et Titus.
Mais néanmoins Sedan s'accoutume, et se plie,
Aux sentimens nouveaux d'une autre dynastie :
Fut-on triste jamais sous l'empire des Lys ?
Et pourrait-on gémir où commande Louis ?
Prédécesseur de *Charle*, il obtint en partage,
Une exacte justice, et je lui rends hommage.
Officier-Général, d'un mérite éprouvé,
Par *Louis* à Sedan, *Faber* est envoyé.
Il fallait appuyer l'autorité naissante,
La diriger de près, pour la rendre constante.
Ainsi l'arbuste faible implore un protecteur,

---

[4] (Alexandre-le-Grand), il vint à Babylone ; il croyait recevoir les hommages des députés des nations, qu'il avait subjuguées ; vain calcul de l'ambition cruellement jouée, il y fut empoisonné, du moins, c'est le rapport de Quinte-Curce.

Et s'enlace au rameau qui lui sert de tuteur.
N'allez pas de *Faber* demander la noblesse :
Il vit pour sa patrie, il s'illustre sans cesse : (5)
Dans son propre mérite il trouve ses ayeux,
Et non dans les replis d'un parchemin poudreux,
Qui peut bien attester qu'il vécut un Achille,
Mais que produit souvent un *Marquis* inutile.
En vain, descendez-vous des Hectors, des Condés,
Si par quelques endroits vous ne leur ressemblez.
Mais hâtons mon sujet : Gouverneur de la ville,
Faber du culte rend l'exercice facile.
Lévites du Seigneur, ah ! portez hardiment,
Au sein de ces remparts, le Dieu fort, et puissant,
Soldats, accompagnez cette pompe sublime :
Jamais la piété ne dut paraître un crime ;
Allez, prêtres, allez où gémit le malheur,
Et calmer les ennuis, et tromper la douleur,
Offrez, offrez un Dieu, qui maître du tonnerre,
Pour sauver les humains descendit sur la terre.
Errant, persécuté, miséricordieux,
On l'outrage sans cesse, il pardonne en tous lieux ;
Il ne débite pas une orgueilleuse phrase,
D'un rhéteur à sophisme, il n'eut jamais l'emphase :
Il fait bien plus, enfin il est maître du sort,

---

(5) Les prêtres catholiques n'osaient porter les Sacremens en public,
à cause du grand nombre de protestans ; mais cet Officier-Général fit
cesser cette persécution.

Il guérit, il console, il arrache à la mort.
O veuve de *Naïm*, objet de tant d'allarmes,
Ton fils a cessé d'être, il le rend à tes larmes.
Ah! l'incrédulité n'est pas près du bonheur,
Il n'existe qu'en *Dieu*, le reste est une erreur.
Il est des malheureux de l'un à l'autre pôle,
Il faut un culte, un chef, un espoir qui console :
Dans des jours nébuleux, on vit l'impiété
Pousser des cris affreux sur l'autel renversé ;
Mais en niant Dieu même, elle adorait encore.
On vit la courtisanne, aux jours de son aurore,
Dans un char insolent, fière d'un vain pompon,
Obtenir de Déesse, et le titre, et le nom.
Le plus facile accès faisant son apanage,
Le désordre pouvait lui vouer un hommage,
Déesse sur la place, et Laïs (6) au boudoir
Près d'elle on ignorait la grille du parloir.
Retournons à Faber, il régit comme un sage,
La raison, la douceur, ah! voilà son partage.
Sedan fut donc en paix, tant que vécut Louis ,
Tant qu'enfin persista l'empire heureux des Lys ;
Mais des tems-à-venir, ô profondeur immense,
Jours féconds en orage, et tristes pour la France,
Reproduisez ici vos funestes tableaux,
Que semblent colorer des esprits infernaux.
Ah! quel sinistre aspect! la sanglante anarchie,

---

[6] (Laïs), célèbre courtisanne d'Athènes.

Un poignard à la main, déchire la patrie ;
Partout on dit ce mot : vive l'égalité :
La nature jamais n'a d'uniformité,
Il faut des rangs, un ordre, une douce harmonie,
Qui répandent partout la couleur et la vie :
Laissons donc subsister tous ces divers degrés,
Qui sans cesse pour nous doivent être sacrés.
Dans de lointains climats, au sein de l'Amérique,
Il est, chez le sauvage, un ordre politique ;
Des os non façonnés, de fragiles roseaux.
Arrachés sur les bords de l'empire des eaux,
A des rois malheureux servent de diadème,
Et marquent sur leurs fronts l'autorité suprême.
Louis ne règne plus, les droits sont effacés,
Et dans les sénateurs je vois des conjurés.
Un mauvais Orateur, (7) de sa voix importune,
Par des tons glapissans fatigue la tribune.
Voyez comme il est pâle, et combien tous ses traits
Respirent, en effet, les plus affreux forfaits.
Le jour qui produisit ce monstre à la lumière,
A reculé d'horreur, dans sa vaste carrière.
D'un dix Oût régicide, il est le créateur,
Et puis sur le *Monarque*, il en jette l'horreur ;
Il intrigue, il agite, il tourmente la France,
Et prononce, du Roi, l'injuste déchéance ;

---

[7] (Robespierre), il naquit à Arras ; il n'avait reçu de la nature que l'instinct de la méchanceté.

Ses complices affreux, en proie à sa fureur ,
Dans ce décret barbare, ont trouvé de l'honneur.
Peindrai-je du dix Oût la fatale journée ?
La famille royale, errante, et consternée ,
Le palais de nos rois, investi, saccagé,
Et l'aigle Germanique, en la Reine outragé?
Peindrai-je d'assassins une troupe en furie,
Massacrant les soldats dans sa fureur impie :
Les femmes, les enfans en désordre frappés,
Et les chevaux passant sur leur corps renversés.
Les Suisses, au château, dirigeant le tonnerre ?
Louis les fait cesser, et se montre encor père.
Antoinette, *Louis*, vous êtes arrêtés,
Le Temple en devient un, alors que vous entrez.
Mais de ces députés, (8) une fraction impie,
Arrive dans Sedan ; traîtres à la patrie,
On reconnait leur crime, à leurs regards surpris ;
Ils annoncent, tremblans, la chûte de Louis.
A ces mots, sans pudeur, un éclat de tonnerre,
Retentit dans l'espace, et fait trembler la terre,
Le Corps municipal ne les reconnait pas :
Il n'aperçoit en eux que des sujets ingrats ;
On n'a pas pu, dit-il, briser le diadème :
Des fils de Saint Louis la puissance suprême,
N'est pas un vain objet, qu'un flot séditieux,
Peut détruire à son gré, dans son cours orageux,

---

(8) Ces députés étaient Antonelle, Kersaint, et Peraldy.

Sénat municipal, tu soutiens la patrie,
Lorsque tu prends, du Roi, la défense chérie.
Un écrit immortel, sublime, généreux,
Attestera ta gloire à nos derniers neveux.
Il est donc des vertus! une noble énergie,
De l'aurore au couchant, eut sauvé la patrie :
La chûte des tyrans eut instruit l'univers,
Qu'en les bravant sans cesse, on détruit les pervers.
Généreux citoyens, vous mourûtes victimes,
Mais, vous avez du moins, succombé magnanimes.
Votre sang répandu, toujours plus radieux,
Comme l'encens *d'Abel*, s'élève vers les cieux.
Pour guérir des humains la commune misère,
Le sang de Jésus-Christ a coulé sur la terre.
Votre sang se rejoint à son sang adoré,
Et le parfait bonheur, par *Dieu* vous fut donné.
Vos vils persécuteurs, rentrés dans la poussière,
Du jour, depuis long-tems, n'ont plus vu la lumière.
Dieu peut tout sur la terre, et tout sur l'océan :
Il voit ramper sous lui, les cèdres du Liban,
L'espace entier pour lui, dans sa vaste étendue,
Ne semble pas un point qui se perd dans la nue.
S'il voulait dans ses mains, il replîrait les cieux,
Et la terre, et les eaux fuiraient devant ses yeux.
O martyrs de Sedan, vos âmes consolées,
Voyent, du haut des cieux, nos phases fortunées,
La douce urbanité, le commerce et les arts,

Semblent s'acclimater dans ses hardis remparts.
Par de nouveaux progrès, on reconnait sans peine,
La ville où commandaient, et Faber, et Turenne.
Sedan s'élève encor sous un Maire prudent,
Bon Administrateur, affable, intelligent,
On le voit décoré de l'ordre militaire,
Que Malte vit éclore, et que Malte révére,
Et l'aigle de la Sprée ondulant sur son cœur,
Y voit avec plaisir, l'étoile de l'honneur.
Et vous, ô Monumens, que sa main fit construire,
Vous proclamez son nom qu'il m'est bien doux
    d'écrire.
L'hommage qu'on lui rend est l'hommage du cœur;
Ce sentiment toujours parut le plus flatteur.
De vos noms, Sedanois, vos Successeurs font
    gloire ;
La plaintive amitié les grave en la mémoire.
Vos enfans pleins d'honneur, vos parens, vos amis,
Disent avec orgueil, ils sont morts pour Louis.
De ces six Calésiens, (9) qu'un fils de Melpo-
    mène (10)

---

(9) Quand je dis que la gloire des martyrs Sedanois surpasse celle des Calésiens. je ne me livre pas ici à une louange, toujours froide, quand elle est exagérée; mais je suis fondé en droite raison ; en effet, les Bourgeois de Calais trouvèrent grâce devant ÉDOUARD, roi d'Angleterre, mais les Sedanois qui avaient donné à leur prince, la preuve d'un si noble dévouement, virent dans le tribunal suprême des républicains, des juges inflexibles. Malheureux ! c'est ainsi qu'éclairés du flambeau des furies, ils croyaient marcher aux honneurs, et s'immortaliser. N'est-ce pas le cas d'adapter ce vers de Lucrèce, « ô mentes hominum vanas, ô pectora cæca !

[10] Du Belloy.

Dans des vers pleins d'éclat, produisit sur la scène,
Qui voulant, d'Edouard, appaiser le courroux,
Pour conserver *Calais*, s'exposaient à ses coups,
Dans la postérité, vous surpassez la gloire :
Vous les précéderez au Temple de mémoire.
O généreux martyrs ! sur vos nobles tombeaux,
Expirant, comme vous, je brise mes pinceaux.

FIN.

9 782019 221997